JN044683

万魂 MANKON Book

相沢聖司
Aizawa Seiji

風詠社

Prologue "愛とか未来とか消えてしまう前に"

はじめに

世の中のプロパガンダや利己主義を思う
情報が筋書通りにコントロールされている
僕らのやるべきことは何か
愛とか未来とか消えてしまう前に
僕と一緒に考えていただけたら幸いです

相沢　聖司

目　次

赤い空

空が赤く染まり行く
青い空を守りたい
今、人がやるべき事とは

0

言葉を紡ぎ生きて来た

常に僕は葛藤を紡ぎ0を理想とする

感情は生き物なんだろう
マイナス感情に溺れないように
心の葛藤を描いて来た

0と僕、表現者とは0になること

すべてを紡ぎ僕は0になった

仕組まれた世界

君の今すべきことは
自分の考えを持つことだ
世の中のプロパガンダが世界をコントロールしている
すべてが仕組まれている
新聞にも真実は書かれていない
テレビさえマスコミの思惑の中にある
世の中とはそういったもの

暗闇

暗闇の中で綴ること
光を求めて生きる今
常に暗闇に押し流されては
それに慣れ
まばゆい世界を今は待つ
未来と僕と光

100% の価値観は存在しない

話せば話す程に
価値観や思考は同じではない
何が正しくてなにが間違っている
そんな論議が描かれる世界

100% は存在しない

人が人を裁いては行けないように

プロパガンダ

イギリスやフランスでもテロが起こる時代

9.11 同時多発テロ

僕らは世の中のプロパガンダと戦うもの
僕らは
常にメディアは真実を隠蔽する
心あるもの達が世界を変えていく？
創られた筋書きのまま世界は劣化していくのか
人類は一見進化して便利性が増したかに見える

しかし昔に存在したものの方が精度が高い
ジム・モリソンやジャニス・ジョプリンが歌手で言えば現
れるのだろうか

進んだのはＡＩ技術とコンピューターの飛躍的進歩だけだ

僕らはプロパガンダと戦っている。

声

心の声を聴いてと言って死んで行った人達
心の声を聴きたい
祈りに近い心の声を
何かを導く光
僕は常にそれらに導かれた

郵 便 は が き

料金受取人払郵便

大阪北局
承　認

1635

差出有効期間
2025 年 1 月
31日まで
（切手不要）

５５３-８７９０

018

大阪市福島区海老江 5 - 2 - 2 - 710

㈱風詠社

愛読者カード係 行

|ո|ո|ո|ո|ս|ո|ո|ո|ՈՈ|ս|ո|ս|ո|ս|ս|ո|ս|ո|ս|ս|ս|ս|ս|ս|ս|ս|Ո|ս|Ոս

ふりがな お名前		大正　昭和 平成　令和　　年生　　歳	
ふりがな ご住所	□□□-□□□□	性別 　　男・女	
お電話 番　号		ご職業	
E-mail			
書　名			
お買上 書　店	都道 府県　　　　市区 　　　　　郡	書店名	書店
		ご購入日	年　　　月　　　日

本書をお買い求めになった動機は？
　1. 書店店頭で見て　　2. インターネット書店で見て
　3. 知人にすすめられて　　4. ホームページを見て
　5. 広告、記事（新聞、雑誌、ポスター等）を見て（新聞、雑誌名　　　　　　　）

風詠社の本をお買い求めいただき誠にありがとうございます。
この愛読者カードは小社出版の企画等に役立たせていただきます。

本書についてのご意見、ご感想をお聞かせください。
①内容について
②カバー、タイトル、帯について
弊社、及び弊社刊行物に対するご意見、ご感想をお聞かせください。
最近読んでおもしろかった本やこれから読んでみたい本をお教えください。

ご購読雑誌（複数可）	ご購読新聞
	新聞

ご協力ありがとうございました。

真に

感情を絞り出さなくては
描かれ出すもの達になれない
僕らは常に

僕らは常に真を探している
そういったものになることを理想とする

時流を逆に泳ごう

ありきたりではつまらない

滴る雨に

雨が滴る、日々晴れる日を
まぶしい太陽を待ちながら
滴る雨に語りかけただ生命
幸福、愛とか欲してもすべては手
に入らないものだから
人は迷いながら生きるのだろう

天空

今宵の空は曇り、星の瞬きも運動を止めていた
感情を蠢く天空に奪われそうな時
祈りさえ越えてしまいそうな運命の瞬きを今感じていた

我々は

何処から来たのかわからないはじまりも終わりも知らない
ただ利害を求め、闘争や戦争を行いその反面、愛とか平和
を掲げるけどなにも変わらない世界強いとか弱いとかそん
な人の意志で世界は動くこの狭い星の中、人の中には愛が
あるはじまりから終わりまでそれは変わらない

ノーベルの悲劇

平和を願う歌を歌いながらも人は自分達の利益の為に爆弾を作り、人を殺す
核爆弾が一度しか使われていないのは実験の為
使えば自分達も殺してしまう
人が本当に足を踏み外してしまう時に世界は危機に遭遇する
平和を讃美する歌も言葉も商業的目的に作られる爆弾の数を減らせない

青い月

言葉や歌の中に
見え隠れする
それは青色の月の様に
ただ遠い昔に存在していた
詩人達は
それを求めて詩を書いた
歌を歌った
魂の中に青い月はそれらを彩り
心を揺さぶっていたのだろう

愛とか未来とか消えてしまう前に

夕焼けにただ少しの祈りを思いつつ
過ぎ行く時間を思いつつ

世界の脈動、痛みその先に

今はなき心、手を伸ばせばその先に

掴める希望があるのに

それが消えてしまいそうで

ただ自己中心的な心だとは思うけど

それは人に求めては行けない、ものだろうし
愛とか未来とか消えてしまう前に

僕らは

僕らはそれに力を与える為に

僕らはそれに触れる為に

僕らはそれを愛する為に

僕らはそれに属する為に

未来を見つめるそれに僕らは

ニュースの背景

危機迫る時代の世界で生きる事
争いの連鎖が絡みあい
人は優しさを忘れつつ
我先に皆許しを求めつつ
誰が悪で誰が善だとか
問題から解決など求めなくて
ただ悪いニュースに唾を吐き
人は自分を省みなくて
そして弱い人達が踏みにじられて
人の世はいつまでも変わらない
誰かが変えようなんて出来ない事だし
雨が街並みを濡らして、人の社会は迷走したり
晴天だったり、社会は常に動いている

葛藤

心の中にさ迷い
浮かぶ言葉をどんなに紡いでも
僕の葛藤は無くならない

生を与えられた

心を消し去れば
僕も消えるのか
人が死ぬということの意味を僕らは軽んじている
生を感じること
その大切さに

世界観を

ただ綺麗に描くそう思った時期があった
詩という世界観、自分を殺すくらいの苦痛を与えられた
詩人とはそういったもの

青い湖の底に

今を思う時、青い湖の底
愛が眠る
慈しむ心
そうそれがすべて
愛と青い湖の底に
生きる欠片が

火星のようにしては行けない

何処かの空を求めてさ迷い続ける
僕の今を創る橋
空が赤く染まる前に
未来が消えてしまう前に
今を全力に
空が赤く染まってしまった

2074 年

The future can change

Then the light said The world appears in the land of
Japan saved by the sacred

未来の世界

地政学的リスクを思う

北の挑発は裏側に休戦の朝鮮戦争がある

ロシア、中国とアメリカの世界の覇権争いが起こる気がす
る

答えは何処に？

心を伴い生きること
我のすべてはどこにある
問いながら解らず立ち尽くし
今を感じ答えを探し求める

答えは何処に

普遍的な

極寒の冬を思う時
君が居ると思いつつ
普遍的な人を思う時
永遠の幸せなどないと知る
今ここに僕は生きる
哀しみや悦びと共にあると

目が覚めて

夜目が覚めて思うこと
忙しい毎日に溺れてしまいそうな時もあった
今は泳ぎながら過ごす感覚的な毎日
人の為にとはおこがましい、自分の為に

黄昏の中で

黄昏の中に存在する
今宵の孤独感思うとき
人は幸せを探す放浪者なのかも知れない

誰かが気付いたなら

アマゾン熱帯雨林を世界的に守ることが出来るならば
世界の寿命は500年長くなる
命の炎を今、消そうとしている
人類は

運命に押し流されて

運命に押し流されて
孤独になって
大切な人達と離ればなれになって
それでも真っ直ぐに生きて
押し流されてそれでも真っ直ぐに生きてもう涙も枯れて
しまって
それでも人を愛して
孤独になって
それでも星を見つめて
星に願いを
流す涙は運命ならば受け入れるだけ

マインド　チェンジ

新たな世界へ
今、未来への扉を叩いた
終着点は何処？
足掻いてすべてを捨てて余計なものを打ち倒してここまで
来た
今、世界が泣いている
人も泣いている
世界のどこかが燃えている
救済を求めている訳ではない
簡単な想いに気付くだけと少しは
正常な状態に気付くかな？

棘

棘の道を歩かないで人は生きられない
安穏な人生に価値があるだろうか？

月、太陽、風

月を見る太陽を感じる星に語り涙する風と語り大地と今日
も戯れる

静寂の青い薔薇

青い薔薇の花弁に触れて見る
美しさが渦巻いている
花が僕に言う

心清らかなものにしか触れさせない
僕に摘みとられる事を拒んだ
今を思い生きて行く
僕は真実を探している
未来の契約の証を

牙を剥く時間

時代が今、加速している
地球が少しずつ病んでいる
もう気付いている
しかし時代は生き物のように変化していく
人が大勢谷底に向かって進んでいる
そっちには道などないのに
環境破壊で自然が牙を剥く
太陽の熱量が増し世界が混乱していく
住む場所を失う人、戦争と言う暴挙に走る国々、時代の加
速を止めるには人はどうあるべきなのだろうか？
その先は谷底、道などない

新型コロナウイルス

2013.11.13
一人の詩人は無意識に綴った

世界に闇が広がろうとも
人が目を背けて行こうとも
ただ僕は前を向き歩む
あれは夏の出来事、そして冬、そして世界は自然災害は増
し、温暖化の中で新種のウイルスが猛威を振るう
ある時代を境に確定的な平和が壊れて行く国々
この先の未来は人々の涙の向こうは

僕達は今なにが出来るのだろうか？

2020 年その詩は現実になった。

ビッグバン

星や宇宙の真理を思うとき
人はまるで塵のような
この世界はエネルギーという神によって作られた
ビッグバンを思う
宇宙と真理を

三ヶ月微笑

世の中の恐怖心や犯罪や人は三ヶ月微笑からボタンをかけ
違える
人は特別なケースを除いて本来同じなんだろう

［注］三ヶ月微笑：乳児が人の顔を見るとはっきりした笑顔を見
せることで、生後３ヵ月頃に現れるため、「三ヶ月微笑」とも言う。
この時期はまだ人を識別できないため、特定の人を選んで笑うので
はなく、近づいてきた顔に反応し、誰にでも笑顔を振りまく。

78

シンギュラリティ

シンギュラリティがこの先、起きる

人類の価値観自体が変わるだろう

ＡＩに支配される人類史が今、創られようとしている

献身と幸せをつないだ人

今は無き人の献身で幸せを今、手に入れた
今宵の月や星を眺めては行き着く先は死なのだから今を生
きる、それが我の性

愛とか未来とか消えてしまう前に　いつからだろう

今回の詩集愛とか未来とか消えてしまう前には短編詩集として書き上げたものです

今の世の中は利益に特化した状態を好む傾向にあります

優しさや思いやりを大切にして欲しい

しかし世の中は表と裏側の騙しあい

綺麗事をいうつもりはありません

そんな世界で本当の優しさを求めています

この先、地政学的リスクが高まります

北朝鮮問題、著者は 16 年後近くに中国、ロシアとアメリカの覇権争いが起こると予想します

前作 Dead or Alive で描いた 2036 が現実になる

今、僕は問います。世の中に愛とか未来とか消えてしまう前に

Prologue "火星のようにしては行けない"

2074年地球の空は赤く染まっていた

温暖化やシンギュラリティ、次々と新種に変異するウイルスが蔓延した
人類は地下に次々と逃げていく

ＡＩもクローン化し人と変わらない神がかった領域にある

あの時あの男の話を聞いて議論したならば・・・

絹

細いベールに秘めた想い込めて
神秘と鼓動に身を委ね
今あなたにすべてを託す
さあ無限を今、受け入れよう
心の底まで透明に染まって
ゼロを超えた数字
愛しき人を思う
未来をあなたに託して消えてしまう
現実と想いは比例しない
シナリオは常に僕の中に

未来からのメッセージ

私達はあなたにメッセージを送ります
こんな世界が訪れるなんて
彼女は祈る
彼の言う通りだった
今からでも遅くないあの時代にいる彼に

私達は今、気温冬 47 度

地上には少しの人間しか住めないの
君達の声が僕自身
僕は半分は人工的に造られたもの
宇宙空間見つめて
世界を未来を変えられたなら
僕は

宇宙

世界を思うならもう僕は何も言う必要なかった
宇宙空間見つめて
人工知能が神様なんて
僕らは見えないものを見つめる
月に戻る時にあの男は
なにを思う
大切な人達は皆彼を想う
時代は地下から宇宙へと変わっていた
運命からは逃げられない

奇跡のイメージ

今を生きる
思い出は捨てないで真実と棄却する
目蓋に残る残像が痛みに落ちる現実を再び生きる姿へ変えた。
君に伝えたかった
奇跡の力
イメージの奇跡

輪廻

かわたれ時に願いし時
人の輪廻を想う
君と何度も忘れないといいながら
運命を神が千切ろうとする
今宵の輪廻は確かに細い切れない糸に触れた

未来と今が

人類の過去と未来は繋がっている
メビウスの帯
すべて未来からくるメッセージが新しい人類を作っていた
あるべき姿を見失っては行けない
僕は未来に造られた

遠隔 Alive

いつまでも僕らは一つの永遠

赤いシナリオ

青い空を見上げる
何処までも青い空
未来の人類は描いた明るいシナリオ
僕らは人工知能なしでは今、生きれない
心を描く姿、未来永劫忘れない
赤い輪廻は今宵の空
気温の上昇と砂漠
赤い空に雨を祈る
変異するウイルス
ウイルスの変異は地球の気温上昇が原因だった

ウクライナとロシア

我々は貧困や核の脅威と隣り合わせなのを自覚しただろう

プロパガンダや独裁国家のなれの果てを見るかも知れない

ネイティブアメリカン

ネイティブアメリカンのようにうたたまの中で世界の真実
を見た

熱せられて

地球は神の存在のようなもの達に熱せられて地球から悪い
ものが取り除かれる

僕が知らないように君も知らない

相沢聖司　『万魂　MANKON Book』あとがき

短編詩集として書き上げた『万魂　MANKON Book』も
ラストになります。
愛とか未来とか消えてしまう前にと火星のようにしてはい
けないで万魂。100 万人の思いを込めて最後は人間らしい
一編で締めくくりたいと思います。

万魂

腰を激しく動かしうめき声を上げいくーと叫びそして新し
い命が芽生えた。常に汗や陰部に溶け合う汁、新しい命は
また同じ情事を繰り返しペニスとクリトリスは共鳴する。
もはや人類は人工知能に導かれ未来の有事は消えていた。

吐息と三上悠亜さんはアーンイクーイクーイクーと希望に
満ちていた。恥などなく

［注］三上悠亜：2023 年 8 月 16 日引退の日本を代表する AV 女優
　　　タレント、YouTuber、アイドル SKE48 の元メンバー。

みっこ　と　もふもふさんと寝る
みっこ、みっこ可愛いな
もふもふさん、もふもふさん
じゃ三人で寝よっか

　　　　　　　　　　終り

著者略歴

相沢　聖司（あいざわ・せいじ）

元統合失調症患者内面に溜まるものをすべて吐き出すことにより精神的な病は治るとしている。詩の世界で自分の世界を創り、YouTuber 活動で内面に溜まるストレスを吐き出し現在は統合失調症は治癒している。職業は詩人、ウーバーイーツ配達員。

万魂　MANKON Book

2023 年 7 月 12 日　第 1 刷発行

著　者　相沢聖司
発行人　大杉　剛
発行所　株式会社 風詠社
　　　　〒 553-0001　大阪市福島区海老江 5-2-2
　　　　　　　　　　　大拓ビル 5 ・ 7 階
　　　　℡ 06（6136）8657　https://fueisha.com/
発売元　株式会社 星雲社
　　　　　　　　　　（共同出版社・流通責任出版社）
　　　　〒 112-0005　東京都文京区水道 1-3-30
　　　　℡ 03（3868）3275
装幀　2DAY
印刷・製本　シナノ印刷株式会社
©Seiji Aizawa 2023, Printed in Japan.
ISBN978-4-434-32307-2 C0092